KB056138

어떤 것은 밑이 희고
어떤 것은 밑이 붉었다

김려
부산에서 태어났다.
2016년 『사이펀』을 통해 시인으로 등단했다.

파란시선 0058 어떤 것은 밑이 희고 어떤 것은 밑이 붉었다

1판 1쇄 펴낸날 2020년 6월 20일
지은이 김려
디자인 최선영
인쇄인 (주)두경 정지오
펴낸이 채상우
펴낸곳 (주)함께하는출판그룹파란
등록번호 제2015-000068호
등록일자 2015년 9월 15일
주소 (10387) 경기도 고양시 일산서구 중앙로 1455 대우시티프라자 B1 202호
전화 031-919-4288
팩스 031-919-4287
모바일팩스 0504-441-3439
이메일 bookparan2015@hanmail.net

ⓒ김려, 2020, printed in Seoul, Korea

ISBN 979-11-87756-69-9 03810

값 10,000원

어떤 것은 밑이 희고
어떤 것은 밑이 붉었다

김려 시집

시인의 말

선 채로 미라가 된 저녁
생선 눈동자 같은 하늘

눈발은 바닥에 가까워질수록
들릴 듯 말 듯 녹는다

희디흰
검은 밤이
붉다

차례

해설

제1부

가시꽃

제 몸을 쪼고 있는 새와
제 꼬리를 물려고 맴도는 뱀한테
돌을 던지고 있다

참나무는 죽은 편백 가슴에 뿌리를 내리고
핏방울은 찔레 꽃잎에 맺혀 있다

진주 목걸이처럼 흩어진 봄밤

상제나비 한 마리 날아와
사이사이 붉은 유리구슬을 꿰고 있다

흰 얼굴에 덮어씌운 검은 숄은 아주 멀리 있을 것이므로

숲은 발을 질질 끌며 늪으로 가고 있다

느닷없이

마음의 준비를 하라는 말을 듣지 않았다

숲으로 들어가는 길이 보이지 않았다

어디에도 머물 수 없고
어디에도 속할 수 없는

언덕

흔들리는 식물의 성기를 따라 숲으로 들어갈 때도

발목 묶인 새를 어깨에 짊어졌을 때도
커브를 돌고 돌아

문틈에 낀 울음을 들었다

멈출 수 없어 달리고
달리고 있어 멈출 수 없었다

바람을

돌에 매달아 바다에 던졌다

죽은 새들은 빈 둥지를 생각하지 않는다

의문의 저녁

　눈곱 낀 눈으로 들여다본다 두 손으로 받쳐 든 오만 후후 불어 한 젓가락 입에 머금은 편견 입안에 굴려 조금씩 삼킨다 산을 끌고 가는 달 익사체처럼 편견 한 젓가락 다시 입에 넣는다

　길가에 앉은 노숙자 별빛을 쬔다 쪼그라든 초가을 저녁의 뱃가죽 추울까 절뚝이며 지나던 바람 그림자 벗어 준다 오늘 밤도 지상에 머물고 말 테야 옷깃 여미는 나무뿌리 머릿밑으로 기어든 기억 부엉이 깃털을 뽑는다

　날개 없는 새 사막에서 온 고양이 귀밑털로 날개를 만든다 바람 우산 손잡이를 먹는다 손잡이 없는 우산 나무젓가락에서 추방당한 깃털 구름 약지에 낀다 고양이 등을 스치는 망토 촛불 켜고 잠든 유리 꽃병 나부낀다

반짝이는

수초꽃 허리를 감고 물속에 누운 새들

죽은 엄마의 기침 소리

젖은 머리를 떠받치고 있는 공기 방울들

뒷물

뒤집어 보면 왜 안 될까 너는 되고 나는 안 된다는 너도 바람꽃은 피었는데 노루궁뎅이는 왜 피지 않았느냐고 물으면 곤란하지 꼭 그렇지는 않지만 그럴 수도 있는 법이라고 딱 한 번 맛본 소고기국밥이 맛있었다고 네가 가시선인장으로 변하지 말란 법은 없다면서

소식은 들었다 내키지 않는 키스 후 입술 닦듯 밑을 씻고 침대에 앉아 냉정히 말했다 도대체 불만이 뭐야 애도 아니고 나를 노려보는 눈에서 검은 모래알들이 떨어졌다 몰래 사막에 다녀왔나 어쩌면 바다에 다녀왔는지도 몰랐다 바다도 멀기는 마찬가지 너는 옆 동네 초등학교 운동장에 다녀왔니 어디서 텅 빈 눈에 모래를 넣어 왔니

너는 다 지나가고 나는 여기 남아 비타 오백을 팔았다 골목 귀퉁이 개집 같은 늙은 사내와 한쪽만 남은 콩팥으로 흥정을 했다 소고기국밥 한 그릇만 사 줘도 되는데 늙어도 여자는 여자 여자는 왜 늙어서도 여자가 밑천인가

너는 정말 바다에 다녀왔다 공사장에서 모래를 날랐다 품삯으로 사 온 쌀 애써 저녁 지었는데 너는 먹지 않았다

국밥 한 그릇 사 줄 돈 없는 내가 사는 게 사는 게 아닐 때
편히 보내 주는 것도 선물인데 남아서 혼자 숨 쉬고 그래
도 살아 있는 게 좋다는데 눈물 한 방울 못 남기고 사랑한
다는 말도 못 하고

안개

거울 보며 통곡하던 언덕을 걸었다

엎어진 강
옆에 홀로 선 바람
바지를 발목까지 내리고 훌쩍였다

실타래 같은 연기
하늘과 땅을 묶기 시작했다

잘못 그려진 지도
총알 박힌 저녁 위에
어둠이 덕지덕지 붙어 있다

새하얀 시트 아래
화약 냄새 묻은 뒷모습을 걸어 두고

이제 열일곱인데
내가 죽었다는 것을 나한테도 말하지 않기로 했다

말린 가을에도 피가 묻어 있었다

이팝

누런 이 몇 개 떨어져 있었다

그는 누구의 방해도 받지 않고
벽을 통과할 수 있게 되었다

그가 원하는 작고 가볍고 따뜻한 것들
노을의 빛깔도 그에게는 굶주림의 시작일 뿐

빌린 물건 같은 몸뚱이
온기 쪽으로 손을 뻗었지만 닿지 않았다

잘못 던져진 물수제비는
탁구공처럼 멋대로 튀었다

지금 절실한 것
마른 밤송이 같은 미련

탱고, 삼십오 세

하루가 왼쪽으로 낭창거리면
미모사 같은 오른쪽 빨강으로 몸을 기울인다

휘파람 불며

망사 스타킹을 신은 바람
스텝을 밟는다

탱고를 추다 무릎 꺾이면
꽃잎은 창문을 닫는다

아직 죽은 게 아니야
부끄러운 생각 들켰을 때처럼

집중하지 않으면 넘어지니까
말하지 않는 나무처럼 어깨 너머로 흉터를 던진다

가슴에 레이스를 두른다

달빛 목덜미에 묻어 있는 바람의 잔털

부에노스아이레스에서 불어온 하까란다 꽃향기
코끝을 스친다

서른다섯

달콤하고 뽀얀 리듬으로
붉은 나비를 잡는다

나비 묘지

은행잎 나비 되고
플라타너스 잎 새 되는

너에게는 플라타너스 잎의 하루
나에게는 은행잎의 하루

어쩌다 은행잎
기필코 저녁이 되는

생의 비밀 주머니

나뭇등걸에 귀 기울이면
그 아래 무언가

모두가 한때라고

나는 알고 있다

비 오는 날
꿩 사냥을 한다

꿩들은 총소리를 빗소리로 착각해 총에 맞는다

옆집 언니
몸에 좋고 맛도 좋다며
꿩떡국 먹으러 오라는데
알레르기 있다고 못 온단다

비 그치자
잔솔 아래 있던 꿩
밖으로 나와

큰엄마가
외숙모는 어디 있는지

꿔꿔꿩 부른다

수련

물속의 빛을 사냥하는
머리카락이 날리고 있다

프리저브드 플라워가 꽃을 이기는 건 남루한 수명 때문

머리를 장식하느라 목이 부러진 당신

당신을 붙잡으려면
풍선껌처럼 질척한 잠에서 깨어
남은 숟가락으로 밥을 퍼먹어야 한다

다가오는 이야기들
발가락 힘껏 내밀어
이야기가 마렵지 않아도 이야기를 눈다

비겁한 당신은 겁에 질린 당신을 잡아먹는다

배낭에 당신을 가득 채우고
오토바이 날개를 바짝 세우고

요고지로 갈까 저고지로 갈까
늪 주위를 떠돈다

바람을 태운 연기
천 개의 잎으로 빚어 올린 귓불
까만 바람을 흔든다

슬픈 것들은 모두 꼬리뼈에 모인다

＊요고지: 밀양 청도면 요고리에 있는 서누시.

임상 불가 판정

우리 집 가마솥에는 거미가 산다

녹슨 꿈
패랭이꽃은 있니, 거기

카네이션 비슷한 꽃이 있어
그럼 장미를 살까, 아니
냉이를 사자

감자핫도그에 케첩 바른 거 먹고 싶다 했는데
핫도그만 사 와 미안하고

여기저기 가렵다는데 어디인지 몰라 미안하고
내려놓을 건 내려놓고 편하게 기다리자 한 거 미안하고

오늘 갈 줄 모르고
내일 걱정한 거 미안하고

겨울밤 젖은 옷 입고 기다리는 봄
내년에 함께 먹으려고 얼려 둔 냉이는 누가 먹지

문도 열지 않고 들어온 바람
가마솥 위를 천천히 쓸고 있다

소극장 팬터마임

흰 가운만 입는
이유를 알 수 없었다

구름도 그냥 스스로 모습을 바꾸고 싶었을 것이다

새와 의사의 관계에서 누가 우위에 서는 것이 중요한가
어차피 의사도 새도 진심을 말하지 않는다

사랑도 부패하는 단계가 있어

무관심을 견디는 방법은
소리 내어 하품하고 헛기침하고 티브이 볼륨을 높였다
낮췄다 하는 것

그러니까
햇빛 속 꽃양귀비처럼 환한 것
몽실몽실한 뭉게구름이
커다랗고 묵직한 먹장구름으로 변하는 것

어쩌다가

구름도 그냥 그렇게 스스로 모습을 바꾸고 싶었을 것
이다

상사

　너의 편지에 온점 찍다 고개 드네 숨 막히는 어둠 쏟아져 내리네 잎맥 적시는 빗물과 손등에 흐르는 안개 장조가 단조로 바뀌는 사이 바람이 꾸는 꿈 화성에 너를 두고 혼자 돌아오네 오선지에 도는 피 배꼽에 자라난 도돌이표 수염 아니라네 낚싯바늘 같은 낮은음자리표 굽은 기억을 낚는다네 손가락 벌리고 허공에서 손 저으면 손가락 사이 먼저 날아오른 겹점 십육분음표 눈 뜨면 안 돼 짓무른 성대 쓰다듬다 터진 쉼표 젖고 또 젖는다네 새하얀 천에 싸인 악보 땅 위는 이미 안전한 곳 아니라네 감옥일 뿐 너를 듣고 싶어 하지 않아도 되느냐고 묻고 싶네 노래를 두고 간 네가 감사하다고 말할 작정이네 들리지 않는 너를 매일 듣는다네 휘파람 소리 이어폰에 스며들고 거친 한숨 허밍 속에 떨고 있네 땅속에 서 있는 노래 귀신에게 안부를 전하네

밀교

완성된 만다라를 흩어 버리듯

겹벚꽃 나무가 꽃잎을
한순간에 떨어뜨린다

분홍빛 돌가루
수레바퀴인 듯 거리에 구른다

마지막 꽃잎 속
하수구에 버려진 개의 주검

뼈만 남은 수행승
질끈
눈을 감는다

축축한 저녁이 벚꽃을 잠깐 다녀갔다

여여

난간에 목매달고
치마 뒤집어쓰고

뛰어내리나 마나

동백이 동백일 수 있는 시간

밤새도록 뻘밭 헤매다
꽃,

찾으나 못 찾으나
작은 동박새가 작은 동박새일 수 있는 시간

종래의 소속이 다르나

모두 잠들기 기다려 기어 나온 실지렁이
굳이 봄밤처럼 말라 죽은 까닭

경계를 넘지 않고도 꽃에 도달할 수 있다는
조금 더 나아가면 그때 그 자리

사소한 이유로 고라니
산에서 울고
그믐달 움찔 몸을 떨고

나무는 자기가 죽은 것을 모르고

바람,
손가락 사이를 빠져나가고

제2부

자귀나무

　나는 죽었습니까 내 개도 죽었습니까 당신은 누구입니까 나는 누구입니까 지금 우시는 겁니까 우주를 보시나 봅니다 붉은 살점들이 깊은 곳에서부터 고등어죽 대접 바닥에 감추어진 자귀나무 당신은 볼 수 있습니까 도를 아십니까 고등어가 금값입니까 금은 고등어값입니까 국산 고등어입니까 노르웨이산 고등어가 눈은 작지만 싸고 맛있습니다 노르웨이산 고등어의 본명은 대서양고등어입니다 물론 고등어의 의사와는 상관없습니다 대서양은 물이 차서 눈이 작을 테지요 눈이 크면 마음도 춥지 않을까요 병밑바닥 말라붙은 막걸리 찌끼 같은 당신 고등어가 태평양에만 있어야 합니까 대서양엔 가면 안 됩니까 내가 고등어입니까 고등어가 나입니까 내가 당신입니까 당신은 나입니까 다시 생각해 봅시다 나는 죽은 그를 꺼내 볕 잘 드는 개울가로 옮깁니다 우웅 우우웅 부는 바람 달그락달그락 열매 소리 아래 한숨 푹 자고 개를 업고 지느러미로 공기를 가르며 동굴이 있는 대서양으로 돌아가겠습니다

어른이 되는 방법

이모가 외출하기를 기다려 이모 내의를 잘라 인형의 속옷을 만들었다 베개 속 솜을 꺼내 배를 채웠다 털목도리를 잘라 머리카락을 만들어 붙였다 좋아하는 아저씨를 만날 때 입고 다녀와 옷걸이에 걸어 둔 옷 분 냄새 나는 이모의 빨간 블라우스를 오려 속옷 안에 가슴을 만들어 넣었다 이모가 아끼는 저고리 고름 잘라 예쁜 옷도 만들어 입혔다 검정 색연필로 긴 속눈썹을 그리고 이모의 립스틱으로 입술도 칠했다 노란 머리를 가진 통통하고 예쁜 인형 하나뿐인 내 딸 나는 마야라고 불렀다 마야가 말을 하기 시작했다 나를 엄마라고 불렀다 허밍을 하고 웃기도 했다 나는 말하는 마야가 있어서 세상 부러울 게 없었다 깊이 잠든 밤 엄마 엄마 부르며 흐느끼는 소리에 잠이 깼다 옆에 누워 함께 잠들었던 마야가 없었다 골목 모퉁이에 마야가 엎드려 울고 있었다 얼른 품에 안고 들어와 목욕을 시켰다 세수는 속눈썹이 번질까 봐 참았다 다시는 헤어지지 않겠다고 나는 마야 손을 잡고 컴컴한 우물을 지나 달의 주름 아래 꽃을 삼킨 물속으로 걸어 들어갔다

바위제비꽃

수술 도중 마취에서 깬 적이 있다

크고 작은 돌덩이들이 가득했다

돌 틈에서 밀어낸 보랏빛 혀들

통증도 꽃이었다

부메랑

오부우체국 앞을 지나다가
젊었다가 늙었다가 울다가 웃는 돌처럼
납작 엎드린 아버지의 사제들을 보았다

네가 태어나기 전에 이 활은
네가 태어나기 전에 이 화살촉은
네가 태어나기 전에 이 활시위는
네가 태어나기 전에 이 독은

아버지였다

소리를 들어라
독이 온몸으로 퍼지는

가죽을 벗겨 북을 만들어라
북소리 둥둥 울릴 때마다
아버지가 쏜 화살이 내 몸에 박히는

사백 년 전에 죽은 아버지
더듬거리며 말했다

네가 태어나기 전에 이 기둥은 느티나무였다
네가 태어나기 전에 이 집에서 누군가 살다 죽었다
네가 태어나기 전에 이 벽은 베이 비치의 모래였다

아이는
얼굴에 새겨진 글자밖에 보지 못했다

웨딩드레스

프리지어를 좋아하시나 봐요 나도 프리지어 좋아하는데

처마 끝에 비가
웃고 있어요 주룩주룩 웃는 비

비는 저렇게 웃나 봐

그는 무엇을 하고 있나
간이침대를 끌고 다니는 뒷이야기

아침 침대보가 쳐 둔 거미줄에 걸린 백만 분의 일
확률을 기다리지

곤충을 등분하면
어깨 목뼈 허리 골반 폐라니

소국 향으로 얼룩진 복도
얇은 종이 한 장으로 가린 겨울
여러 번 코를 꿰맨 곰 인형처럼

상냥하게 삭은 골반 속에선
납작한 수액이 다 빠져나가고

눈 뜬 채 꿈꾸는 면사포
언제나 무슨 말을 해야 할지 아는 민달팽이
그렇게 다정하게 대할 필요 없잖아요

젖은 햇살 담으려
두 손바닥 모으는 일 이젠 그만두고 싶어요

신혼여행 준비 목록에 젖병 가득 채우고
달력 속 노란 부케 소독 거즈처럼 웃어요

비 그친 오후
노랑나비 한 마리 햇볕을 이고 지고

폭식

마음에 동전만 한 얼룩이 있다 자라면 무덤이 되었다

피아노를 좋아했다 한 시간만 쳐도 인대가 늘어났다 손가락뼈가 약해져 그만두었다

곁눈질하는 엄마를 도우려고 감자를 깎았다 부엌칼이 융통성 있는 로봇처럼 느껴져 감자 옆에 붙여 두었다 껍질을 벗기고 채를 썰어 놓았다 세상이 서늘하게 느껴졌다 칼의 허밍이 섬뜩했다

냄비 뚜껑이 뜨겁지 않을 거 같아 맨손으로 들었다 자의식 없는 뚜껑 덕분에 손을 데고 덤으로 엄마에게 혼났다 실리콘 받침대가 씩 웃으며 나를 봤다 뜨거운 냄비 뚜껑은 만지는 게 아니라고 했다 뜨거운 정치의식을 만지면 왜 안 되는지 알았다

코가 왜 달렸겠느냐고 혼자 중얼거렸다 뜨거운 냄비 밑에만 있기 싫다고 무엇이든 집을 수 있는 집게가 되고 싶다고 엄마가 그 입 다물라고 해서 엄마 대신 부엌칼을 노려보았다

44

라면이 먹기 싫어졌다 라면이 먹기 싫으면 밥을 먹으면 된다고 냄비 뚜껑이 말했다 라면이 먹기 싫다고 밥을 먹는 것은 생각해 볼 문제라고 라면 두 개에 밥 세 공기를 말아 먹었다 그래도 배가 고팠다 더 먹고 싶은데 아무도 말리지 않았다

피아노 주위를 천천히 한 바퀴 돌았다 애완 악어의 이빨을 쓰다듬듯 건반을 부드럽게 문질렀다 피아노는 다리가 굵고 강해서 생각 깊은 코끼리 같았다

새점

이것은 탈출구 쓰레기가 아니라 아기야 고양이들이 이
걸 보면 안 돼 세상에 고양이들이 보고 있는데 어떻게 상
자에 아기를 담을 수 있을까

귀 밝고 말 많은 바람과 함께 있을 때면 살진 새들은 귀
가 어두운 척한다 알아듣지 못하는데 어떻게 말을 하겠어
와인 병에 담긴 능청스러운 유머

새들은 사람들과 함께 오래 살아서 생각할 줄 모르게
된 거래 아무도 없을 땐 날개로 걸어 다니지 새들의 동화
는 자신의 얼굴에 주검의 초상화를 새기지 아무도 모르
게 계단을 낳아서 버리는 거지 우는 줄도 모르면서 눈물
을 흘린다고나 할까

좀 더 완벽해지려면 얼굴을 땅속에 파묻어야지 무화과
나무와 관계하는 새는 땅에 떨어지기가 쉬워 보다 정확한
후각으로 고양이는 아기를 파먹은 얼굴로

사하라

　마사이족 여자의 등에 업힌 아이의 눈과 귀에 파리가
알을 낳고 있다

　아이도 엄마도 하이에나도 울지 않는다

옥곡 IC

발가락이 셋뿐인 여자
5보다는 3을 좋아했으므로 개의치 않았다

3 같은 남자와 결혼을 하고
잘 때도 양말을 벗지 않았다

옥곡에서 순천 쪽으로 가는 8차선 도로변
가로수 같던 여자의 33번째 생일
팔뚝에 '착하게 살자'라고 새긴 남자에게서
발가락 양말을 선물 받았다

여자는 남은 발가락 둘을 묶어

활짝 웃으며
사탕 한 봉지와 다람쥐 먹이를 챙겨서
갈매기 식사 시간에 맞춰 집을 나섰다

다섯 시간 입 다물고 걷다가
대나무밭에서 자라 대나무인 줄 알고 있는 동백나무를
만났다

키가 큰 동백꽃이 길게 떨어졌다

사거리에 기우뚱 서 있는 여자

어떤 것은 밑이 희고
어떤 것은 밑이 붉었다

모란 전골
—올무에 걸린 멧돼지 머리를 발견했다

반짝이는 이 목걸이는 누가 떨어뜨리고 갔을까 목에 거는 순간 당신의 따뜻한 팔처럼 착 감겨 왔다 느낌이 좋았다

시간이 흐를수록 목걸이가 살을 파고들었다 목은 목걸이보다 강하지 않았다 동풍이 핥았다 달구어진 해는 상처를 쪼아 먹었다 새 부리 같은 햇살을 피하려고 발버둥 칠수록 목이 조여 왔다 꺾인 관절 사이로 모래가 서걱거렸다 입을 벌린 얼굴 위로 구름 그림자가 지나갔다 지금이라면 더 버티지 않아도 괜찮았다 꼼짝 않기에 딱 좋은 시간이었다

부드럽고 축축하고 따뜻한 혓바닥은 증발했다 단단한 뒤통수 부분은 땅이 그러안았다 밤은 새까맸고 별빛은 뾰족했다 얼굴은 더 맑아졌다

바람이 심하게 부는 날 이마 위에 솟았던 뿔이 뽑혔다 방패를 뚫던 높고 눈부시던 뿔이 턱으로 흘러내려 수염을 가르고 누웠다 희고 날카롭고 가지런한 초승달 모양의 이빨을 꽉 다물었다 비명은 지르지 않았다 사슴을 닮은 머

리와 천마 같은 몸통을 연결하던 목의 가죽이 하늘하늘 바람에 나부끼고 있었다

유니콘이 강림했다는 소문을 듣고 무당개구리들이 갈비뼈로 모여들었다 거미는 두개골을 개미는 눈구멍 속을 아지트로 삼았다

머위가 무리 지어 자라났다 연잎처럼 잎을 키워 해와 비를 가려 주었다 육포처럼 마른 얼굴은 울까 웃을까를 망설이는 듯했다 단풍잎돼지풀이 잘 다듬어진 표정을 양손으로 떠받치고 있었다

목걸이는 아직 거기 있었다 목걸이에 대해 모르는 것을 몰랐던 순간에도 풀풀 흩어지는 아침에도

아일랜드 아임랜드

달궈진 철판 위에서 놀면 엄마가 걱정하지
나는 재밌는데

그만, 좀, 하세요, 엄, 마
나는 엄마가 아니잖아요

간단한 얘길 그렇게 길게 하는 게 아녜요
그래요 귀를 자를까요

춤을 출 땐 모른 척하더니 밧줄을 사러 갈 땐 보고만 있
더니 가난하고 낮고 쓸쓸한 일개미는 잊으라더니

더듬이를 겨드랑이에 묻고 잠든 개미
어디가 아픈지 얼마큼 슬펐는지 몸이 왜 다 젖었는지

검은 머리를 질끈 동여맨 안개

손목을 가위로 찔러야지 링거주사 따윈 뽑아 버려

엄만 뭐든지 오버스러워요

엄마가 흘리는 진심의 무게는 다를 거예요

그러니 엄마
걱정 따위 바다에게 주세요, 엄마

●끼닌하고 닛꼬 끌끌힌. 백식.

구르는 돌

소리 내지 않고 말하는 법을 배운다

공기 속에 뭐가 있니

다이아몬드로 장식한 해골보다
딸기코 달린 내 얼굴이 좋다

수세미 같은 불안도 잠을 잔다고
불면 때문에 속이 하얗다

오지 않는 막차를 기다리던 기억
화장실 옆 쓰레기통에 숨는다

주왕산 제3폭포
나뭇잎으로 앞을 가리고
도토리 모자 쓴 난쟁이를 먼 친척이라고 우기며

눈을 감고 걸어도

밀리터리룩 차림의 건장한 땀 냄새

거울 속 나를 보는 넌, 대체, 누구냐

감기

재채기를 하자
이를 닦으며 뭐하냐고 물었다
기침을 하자
면도하며 왜 그러느냐 물었다
목에 걸린 뭔가를 뽑아 올리려 할 때
외출하던 그

도대체 이유가 뭐냐고 물었다

기침을 했고 목이 간질간질했고 기관지 때문인 것 같다고
대답했다

질문이 좋아야 좋은 답을 얻었다

있는 힘을 다해 칵 하고 뱉었다
벌레 먹은 유방 한쪽이 튀어나왔다

그가 돌아왔다

저녁 언제 먹을래요

고양이를 버린 눈으로 쳐다봤다
강아지를 한 마리 기를까요
고개를 돌렸다

이 남은 유방 한쪽은 어떻게 할까요
그가 돌아섰다

게발선인장이 뚝뚝
손목을 꺾었다

끈

묘비 아래 젊은 아버지가 누워 있다
비파나무로 만든
등받이 없는 의자 한 개를 물려받았다

그는 모르고 있었으나
할아버지와 같은 동작으로 고개를 돌렸고
할머니처럼 가늘게 머리를 떨었다

한 번도 본 적 없는 아버지의 걸음걸이로 걸었다

촛불 속
먼지처럼 버석거리던 그

아버지인 듯 햇살은 얼굴을 접으며
그의 생애를 찔렀다

썩은 고기를 좋아하는 본성에서 벗어났지만

무덤 사이
뫼비우스 띠 같은 엉겅퀴의 불길함

CCTV에 찍히고 있었다

저 아래에는 비가 내리는 풍경이 있었다

인조 진주 끈과
모조 다이아몬드 브로치로 장식된
작은 가방을 들고 그가 나타났다

초겨울인데 여름 차림으로
매일 같은 시각에 찾아왔다

가방 안에 고양이 사료와 캔
츄르 보리빵 두 조각과 동전 두 개
찢긴 심장과 훔친 달이 들어 있었다

고양이에게 사료와 캔과 츄르를 섞어서 주고
보리빵을 먹었다
동전 한 개를 연못에 던지고

고양이와 눈이 마주치면 시곗바늘처럼 웃었다

어제도 고양이 두 마리와 연못이 있었고 구름이 있었다

연못에 구름이 오고

구름이 가고
구절초는 고양이 발바닥으로 피었다

요 며칠 그가 오지 않았다

황금빛 수면 아래
눈꺼풀에 삼색제비꽃 즙을 바른 천사가 나팔을 불고
있었다

아직도 기다리는 중이다

폭설

노인은 앉은뱅이 아내를 업고 밭으로 갔다
텃밭 한쪽 꽃방석 위에 아내를 앉혀 놓고 봄날을 골랐다

햇살의 흰 머리카락
수정 브로치를 단 민들레 곁에서 반짝거렸다

풀 한 번 뽑고
아내 한 번 쳐다보고
풀 한 번 뽑고 아내 한 번 쳐다보고

잇몸만 남은 한낮
다소곳 늙은 아내가 전하는 말

올해도 영감이 좋아하는 눈을 볼 수 있을까요
아무렴, 내년에도 볼 수 있지

감나무 그늘
노부부 얘기에 귀를 기울이고

마을에서 가장 아름다운 텃밭의 노부부가

앞당겨 본 겨울

눈부신 봄날이
꽃잎인 듯 흩어져 내렸다

나는 죽어서 리무진을 탄다

여울가 박새
흙이 좋다 흙이 좋다
노래하고

살던 나무 찾아
왕나비 바다를 건넌다

돌을 줍고 있는 개복숭아
깨고 싶은 꿈

부산대 병원 입구까지 따라오는
소복 차림의 보름달

콘티넨탈 리무진 한 대
비상등 켜고 정문을 빠져나간다

제3부

숲은 왜 오월을

풀을 베다가
몸통 반이 날아간
맹꽁이를 발견했다

무릎을 꿇고
수풀을 뒤져
달아난 살점 반을 찾았다

무릎을 꿇고

민들레 옆에 구덩이를 파고
냉이 잎을 깔았다

비로소 제자리에 놓인 살점들

박새가 둥지를 허물고 있었다

말 많은 사람은 외로운 사람

1

수영4호교에 접어들었을 때
버스를 타고 있는 사람 모두 들었다

수십억짜리 공사와 덩어리 큰 또 다른 공사가
아마 곧 성사될 거라고
도대체 바빠 숨 쉴 틈이 없다고

계속되는 혼잣말
홈플러스에 가서 저녁이나 먹어야겠다고

2

늘 앓는 소리를 내는 복숭아유리나방이 있었다
  녹고 있는 아이스크림을 등 뒤에 감추고 슬리퍼 소리를
내던 유혈목이를 알고 있었다
  목 뒤에 지방종이 터진 채 흔들리던 물푸레나무는 남겨
뒀다
  말라 죽어도 눈을 감지 않는 산무애뱀은 내려놓았다

68

죽기 전에 한 번도 보아서는 안 될 중대가리나무

국밥 한 그릇 값을 가진 속눈썹의 신음을 모른 척한 적
있었다

3

백미러에 비친 얼굴 없는 목발 두 개
날 좀 봐 줘
내 말 좀 들어 줘
나,
여기 있다 외치고 있었다

끈끈이의 오후
오래된 발목뼈에서 삐거덕거린다

먼 곳에 버리거나 묻어야 할

신선동 사람들

물뿌리개로 물을 뿌리면서 자기가 비를 내리는 신이라던 선자는 일요일 아침 십 층에서 솟아올랐다 소주 됫병이 한 끼인 아버지와 살던 순이는 아버지 대신 파출소로 불려 갔다 혜영이는 담임을 사랑했지만 고백하지는 않았다 공원에서 삶은 달걀을 팔던 경자는 일본인의 현지처가 되었다 교복에서 항상 돼지똥 냄새가 나던 윤희는 끝내 엄마를 지키지 못했다 대나무가 꽂혀 있던 점집 앞에서 콧구멍으로 귀신이 들어간 숙자는 벌거벗고 밤낮으로 춤을 추었다 남자 없이 잠 못 드는 문자는 곧잘 사람처럼 웃었다 신선동에 살았지만 신선이 될 수 없었던 사람들 끝끝내 아버지와 오빠의 연인이었던 화숙이 무덤에 맨드라미가 피고 있다

외유성 출장

벨루가 캐비어를 먹고 잠든 밤 철갑상어 무리가 찾아와 왜 그런 결말이 날 수밖에 없었느냐고 왜 그런 일이 일어나야만 했느냐고 울부짖었다 그런 일이 일어날 수밖에 없었듯이 그렇게 먹을 수밖에 없었다고 대답했다 철갑상어 알의 수박 향이 몹시 마음에 들었지만 만만치 않은 가격이 켕겼던 나는 나도 바다에서 왔다고 말해 버렸다

심장에서 뭔가가 스멀거려 입술에 침을 발랐다 암컷 철갑상어에게는 모나코산 콜라젠 앰풀을 수컷 철갑상어에게는 전북 고창 복분자를 선물했다 알을 많이 낳으시오 종족을 많이 퍼뜨리는 것만이 최선이오 아무리 많이 낳아도 정부에서 책임져 줄 것이오 아무 일 안 해도 나라가 반드시 먹여 살릴 것이오 눈치는 좀 보이겠지만 납세자가 낸 세금으로 외국 여행도 마음껏 할 수 있을 것이오 나의 감언이설에 철갑상어가 웃기는 소리 하지 말라고 했다 알에서 깨어 나오기도 전에 애피타이저로 다 먹어 치울 거면서 음식에 섞이면 연어 알과 날치 알도 구분 못 할 거라면서

철갑상어는 바다에서 살지 않고 강에서 산다

비표본 오류

저기 누군가 있다
어둠 속에서 멀어져 가는 낮 꿈

지층처럼 출렁인다

비가 올 때마다 한 치씩 자라는 암 덩어리들
눈 코 입 없는 민머리 돌부처 앞에 오도카니 서 있다

말발굽 소리를 내며 누군가 오고 있다

구름의 조화
그림자를 보고 숨은 뱀을 찾는데
혹이 한 개 있는 낙타와 전생이 둘 있는 개를 찾았다

삼켰던 달을 뱉었다 구름은 달의 목구멍을 막고 있었다

안 될 때를 생각지 말자고

살이 패인 진흙을 사방에 두른 방
얼마나 많은 시간을 얼마나 의미 없이 보냈나

죽은 후까지 혼자 있고 싶지 않아

잔디밭은 이슬에 젖어 촉촉하고
불어오는 바람은 비린내를 품었다

날 풀리면 또 여기서 모이잔 말을 하고 싶지만
다음에 만나자 이런 말들 소용없었다

그 뒤

서랍에서 삐죽 튀어나와 있었다

부식된 복도에서 눅눅한 침대까지
혼자 굳어 갈 F 단조

눈에 띄지 않고 움직이는 냄새의 귀

왜 늘 몸을 흔드는지

별이 짓무르는 데 걸리는 시간 동안

중요한 말을 농담처럼 하는 당신은
지구를 끌고 다니던 작은 몸뚱이는

옷 속에서 몸통이 사라졌을 때
나는 혼자가 아니야
너도 혼자가 아니야

반쯤 물어뜯긴 그림자에게서 물기가 새어 나왔다
하늘은 밀폐된 방 안에서 노랗게 익었다

들리는 소리

녹아내리는 소리

마지막으로 당신의 발걸음 소리

언젠가는 우리를

다정하게 굽어보실 당신

끝없는 허밍

조약돌 하나를 주웠다
부드러운 천으로 광을 내고 책상에 세워 두었다

혼자만 알고 있는 이야기를 들려주었다
종일 주머니에 넣고 다닌 날도 있었다

부리를 그려 준 날에는
주머니 밖으로 한쪽 발을 내밀고 잠이 들었다

노랫말이 생각나지 않는 노래를 불러 주었다

한없이 구름이 흐르는 오후
깃털이 생겼다

우린 서로에게서 날아올랐다

안녕하십니까

　어둠 속에 하나둘 켜지는 가로등처럼 우리에겐 꼭 필요한 대화가 있습니다 흰개미의 발소리와 대동맥 부근에 쳐진 울타리에 대해 눈 녹은 물이 흘러가는 방향에 대해 밖에서도 안에서도 보이지 않는 따뜻함에 대해 이야기를 나누어야 합니다 정말 나누어야 합니다 앞으로 일어날 일들 중 무엇이 가장 무서운 것인지 어디에서도 답을 찾을 수 없다면 잠을 자지 않고 달을 가리키는 손가락이 약이 될지에 대해서도 놓쳐서는 안 됩니다 약이 듣지 않는다면 다음 저녁은 어떡해야 하는지에 대해서도 이야기를 해야 합니다 구멍 난 배의 밑바닥에 대해서도 한 번쯤은 은밀한 이야기를 나눠야 하지 않을까요 쓸개즙처럼 달콤해서 우리가 씹지 않고 삼켜 버린 웃음이 방광 밑바닥을 문지르며 지나갑니다 언제나 조금씩 늦은 선택 안전하게 더 오래 배설하는 것보다 중요한 것은 없습니다 밤이 어디로 갔건 쥐덫이 어디에 있건 신경 쓰지 않고 텅 빈 잠 속으로 사라져 버린 채 돌아오지 않는 것에 대해 우리는 예의를 갖추어야 합니다

애완견

도로를 껴안고 있는 개와 눈이 마주쳤다 개를 병원으로 데려갈까 생각했다 이천 원짜리 거북이가 아파서 동물병원에 갔을 때 하루에 병원비가 삼만 원 나왔는데 그 와중에 새로 뽑은 차 시트에 피가 묻을 텐데 퇴원 후 좁은 집에서 달리 갈 곳도 애정을 표현할 곳도 없는 개가 나만 바라보고 기다릴 텐데 저 짓이겨진 동물

여기 같은데 아니고 저기 같아 가 보면 거기도 아니었다 개는 없고 울음소리만 있었다 울음소리 쪽으로 돌아보면 나뭇가지 휘어진 바람을 잡아 흔들고 있었다 눈 내리는 날 눈 속에서 상처를 핥는 소리 비 오는 날에는 비에 젖은 검은 눈동자가 흘러내렸다

생시에도 찾아갔다 여전히 그 자리에 있었다 무너진 몸으로 꼬리를 흔들며 웃었다 무릎 꿇고 애틋하게 눈을 맞추었다 도로에 달라붙은 살점을 맨손으로 수습했다 잘 떨어지지 않아 할 수 없이 개의 옆구리만 데려왔다 다음 날은 왼쪽 귀를 데려왔다 그다음 날은 두개골을 데려왔다

매일매일 데려왔다 조금씩 개를 만들어 나갔다 어느 날

완성된 개가 쫄래쫄래 나를 따라왔다 어디를 가도 만질 수
없는 개가 나를 붙들고 놓아주지 않았다

　나의 유일한 애완견 짓이겨진 심장은 어디에서도 찾을
수 없었다

그렇다면 그가 사진을 찍고 싶다고 말한 게 잘못
인가

새똥이 많다
나뭇잎이 흔들렸다

칠백 년 동안 나무는
나무와 나무 사이에서

나무에 둘러싸인 채
녹은 유리처럼 끈적이는 햇볕을 정수리로 받으며
바람 한 점 없는 정오를 견뎠다

새끼 고양이를 향해 웃어 주려고
눈이 아픈 새를 병원에 데려가지 못했다

몸속은 수많은 생각으로 들끓었다

손을 뻗을 수만 있다면

눈을 감고 숨을 고르면
삼백 년 전 게이랑에르 협곡에서 증발했던 수증기
비로 내려

빙하 녹은 물과 몸을 섞는 모습이 보였다
우르르 달려오는 물소리를 들었다

새들이 물을 마시러 왔다
몸이 아직 따뜻했다

죽은 새는 나뭇가지를 흔들지 않는다

오버 더 숄더 샷

　여백 많은 화면 속 발 없는 참새를 좋아했다 단풍잎에
눈이 따가운 먹빛 단정한 슈트 차림 비는 내리고 긴 대사
는 구멍 뚫린 심장 속 핏빛 깃털로 덮는다 발톱으로 가린
벌어진 상처 빗줄기 사이에 걸어 두고 받지 않는 전화처
럼 긴 통로 이미 지고 없는 반달에 묻는다 사원 같은 시간
을 뿌리처럼 살면서 벌레를 먹고 얼음 동굴 눈빛을 읽는다
절제된 중얼거림 가까워서 생긴 모래 서걱대는 신전 아래
그윽한 눈길 알아차리지 못한다 날 줄 모르는 탑 부리 사
이로 뛰어내린 별 잎으로 만든 얇은 마스크 새였던 적 없
으니까 어깨 너머 기억 같은 바위의 열쇠 바람 속에서 쉰
다는 것 배고픈 아침에게 날개를 건넨다 아이였던 적 없
는 아이 어깨에 대해 묻는다

앞에는 멧돼지 뒤에는 개

*

털을 일으켜 세우는 달빛
위험하다

모자를 쓰고 움츠린 소나무 한숨 속으로
몸을 숨겨라

오각형 문이 달린 나무집으로
달이 돌아가길 기다려

남은 달그림자 사각사각 찢어 먹고
피 묻은 왼쪽 뺨 물로 씻어 낸다

비뚤어진 미소와
검게 그을린 정신을 섞어 마시면
인간이 될 수 있다는데

나눠 먹을 생각은 없다
죽을 때까지 인간이 되고 싶어

목을 매는 작은 새야
너는 몸이 참 투명하구나
락스 냄새와 큰 자루 기다란 끈을 좋아하는 나는

열두 개의 눈을 갖고 있지만 시력이 약하니

거미 문신을 한 캄캄한 벽

*

아무도 새가 거기 있는 줄 몰랐다
주전자를 거실 바닥에 던지고
현관문을 바라봤다

벨 소리는 들리지 않았다
한 번도 사용하지 않은 덤벨을 던졌다

아무도 찾아오지 않았다
아랫집 역시 비어 있었다

84

새는 엎드려 울었다

오랜 새장 생활을 끝내고 숲으로 돌아가듯
매트리스에 스며들었다

일곱 번째 감정

　　그는 그것이 다락방에 사는 물고기라 생각하기로 했다 그것이 산에 가도 그냥 두기로 했다 바짝바짝 생목이 탈 것이므로 그는 그것이 깊은 밤 총알택시를 타고 가 버려도 신경 쓰지 않기로 했다 물고기가 스피드를 즐기면 비늘에 발진만 생길 것이므로 그는 그것이 새를 보고 미간을 찌푸려도 그냥 두기로 했다 새 때문이 아니라 아파서 그러는 것이라고 그는 그것이 사라져도 웃기로 했다

　　그것이 사라지면 그는 해변으로 갔다 마음 편하게 갈매기 세 마리와 우산 하나가 있는 해변에 가서 갈매기에게 삽을 맡겼다 우산에게는 새우깡과 소주를 던져 줬다 우연히 그것을 만나도 괜찮았다 물고기가 바다에 있는 것은 당연하니까

　　그는 그것인지 그굿인지 거것인지 거굿인지 모를 고것이 신발 끈 없이 사는 게 좋았다 녹록해도 녹록지 않아도 결국 녹록하거나 녹록지 않을 거니까 쿨하게 웃기로 했다 정말 괜찮다는 듯 손뼉 치고 발 구르며

　　그는 그것이 오래 입은 낡은 외투라 생각하기로 했다

가볍고 따뜻하고 디자인이 예뻐 자주 입었지만 이제 옷장 안에 넣었다 솔기 닳고 목깃 헐어 밤새워 그것을 기웠다

그는 그것을 테라스에 사는 애벌레라 생각하기로 했다 그것을 주머니에 넣고 갈매기 세 마리와 우산 하나가 있는 해변에 갔다 그는 그것인지 그긋인지 거것인지 거긋인지 모를 고것에게 새는 잊으면 되고 우리는 사는 게 녹록지 않다고 말했다

그는 이것저것 따지지 말고 그냥 살면 된다고 말했다 애벌레는 갈매기에게서 삽을 받아 고맙다고 인사하고 모래를 팠다 샌들 끈을 연결해 그의 목을 졸라 구덩이에 눕혔다 모래를 잘 덮고 우산을 씌워 줬다 주위에 소주 한 잔 뿌리고 새우깡은 갈매기와 나눠 먹고 혼자 집으로 돌아갔다

도화(徒花)

모나크나비처럼 먼 길을 왔어요 수술이 끝나면 호적을 바꿀 거예요 이 모든 것은 개인적인 불행일 뿐 아빠 탓은 아니에요 사랑한다고 모든 걸 다 줄 수는 없잖아요 그러니 울지 마세요

시선을 피해 도망 다녔죠 숨고 싶은데 집이 없었죠 여기 같은데 저긴 거 같았죠 아무도 나를 도와줄 수 없었죠 발을 뗄 힘조차 없는데 왜 나만 쳐다볼까 정말 보기나 하는 걸까

집을 찾았죠 아빠의 허벅지 사이에 숨었죠 안도의 숨을 쉬었죠 손톱이 긴 아빠 아빠의 손톱은 내가 울 때마다 자랐죠 내 목을 길게 할퀴던 손톱 피가 보였죠 다시 보니 이 집이 아니었죠 아빠가 아니었죠 또 도망쳤죠 몸이 움직이지 않아서 온몸이 젖었죠 나는 늘 내가 아니었죠

브래지어에 뽕을 넣는다 터무니없이 짧은 치마를 입고 거리에 나선다 거리는 어둠에 잠기고 어둠은 밤에 무대를 내어 준다 한겨울 도로에서 온기를 발견할 때까지 모슬린 소매를 나부낀다

다가오는 차를 향해 손을 흔들었죠 혀를 현란하게 사
용하면서 비린 말들을 쏟아 냈죠 나를 실은 차가 울컥울
컥 검은 정액을 토해 냈죠 사랑하는데 사랑은 아니었죠

영원히 녹지 않는 얼음집 여자가 되고 싶었죠

수상한 얼룩들처럼 할 말이 없는 몸들 나는 당신의 쳐진
엉덩이에 불만이 없었죠 당신도 나의 밋밋한 가슴을 아쉬
워하지 않았죠 새가 지나간 자리에 매일 밤 서 있었죠 두
개의 풍만한 물방울 가슴이 생길 때까지 그다음엔 조금 더
아파도 참을 수 있겠죠 나는 기어이 여자가 될 거니까요

●로화(化). 피어도 실내를 벗지 않는 꽃.

저작권

동물의 말을 이해하는 사내가 있었다 이해하는 만큼 말하고 싶었는데 대화는 어려웠다 갈매기와 비우나 마나 한 비움의 개똥철학을 논하다 보니 필요 없는 부분이 필요 없이 길어져 자꾸 걸리고 씹혔다

외딴섬 지붕 없는 집에 혼자 살아 노력할 시간은 많았다 노력해도 안 되는 것이 있다는 것을 처음 배운 사내는 바닷가 판잣집에서 무리 지어 자라고 있던 해파리와 토론한 적이 있었다 투명한 소주병이 푸르스름한 막걸리병보다 더 논리적이라고 해파리를 안주로 먹어 버린 후로는 대화가 잘 풀리지 않았다 언어의 실마리를 찾는 모험 방법은 어디에나 있을 것 같았다

없었다 기억에는 있는데 기억 밖에서는 암흑이었다 말이 되지 않는 말을 하려니 윗입술을 깨물었고 혀를 씹었다 횡설수설을 견디려 풀처럼 누워 있다 보니 필요 없는 부분이 필요해 물고기가 되기로 마음먹었다 비린내를 가리기 위해 사내는 늑대처럼 웃고 개처럼 말했다 알아들었는지 못 알아들었는지 대꾸가 없었다

은행나무가 물었다 까마귀는 하루에 한숨을 몇 번 쉴까
요 사내는 올여름 몹시 더웠는데 잘 넘겨 다행이라고 말했
다 따라오던 고양이가 요즘도 따라오느냐고 물었다 간이
부으면 정말 겁이 없어지는지 사내에게 물었다 자기 말을
아무도 알아듣지 못한다는 것을 눈치채고 사내는 답답해
졌다 음산한 고독이 표현되었다

까마귀 소리로 울었다 까마귀가 손을 내밀었으나 사내
는 아무것도 지급하지 않았다

통역가를 신뢰하지 않는 싱커페이션

음표를 찢는다

피멍 든 손톱
덜렁거리는 모가지
마른버짐 덮인 강물
속도 잃은 인공위성

비 맞은 뼈가 부풀어 오른다

고흐의 밀밭을 지나는 까마귀
사과 베어 물고 안경을 벗는다

존 수르만의 '로맨틱한 초상'에 젖는다
멜로디에 간이 찔린다

네가 말하지 않은 것을
11월의 밤같이 쓸쓸하게 듣는 것

숨겨 둔 꽃이 있을지 몰라
바다에 파묻어 둔 히아신스 세 뿌리

여덟 개의 귀가 자란다

꽃이 마렵다

등
—오지 않는 가야를 기다리며

배는 오지 않네

이대로 끝인가

병풍 속에 다리 뻗고 앉아

푸르고 차가운 피리 불면

너무 불러 죽어 버린 이름

하늘로 하늘로 만발하다

그믐달 따라가 버리고

별빛에 찢긴 얼굴

해진 족두리처럼 펄럭인다

버선도 없이

맨발로 철썩이는

노란 연꽃

시뻘건 밤바다 위를

등신불처럼

풀꽃

　날마다 풀을 베었다 비린내가 났다 앞을 베고 나면 뒤가
자라 있었고 뒤를 베고 나면 앞이 자라 있었다 비 온 뒷날
에는 더 자라 있었다 풀을 베고 온 날이면 맥주병으로 머
리를 맞았던 기억이 쑥쑥 자라났다 흰 피를 흘리는 손목들
둥둥 떠다니는 발목들 깨진 머리에서 뚝뚝 떨어지는 빨간
꽃들 꿈속에서도 예초기를 휘둘렀다 젖은 옷을 찢으며 누
구냐고 다그치던 목소리를 베어 내고 또 베어 냈다 씨앗을
맺기 전에 씨앗이 떨어지기 전에 입 구멍에 제초제를 뿌렸
다 바람을 타고 달리던 들판이 자꾸 떠올랐다

　아직 아무 데도 가지 못하고 한자리에 있다

만다라의 숲과 심장의 시

이성혁 (문학평론가)

김려 시인의 시집 원고를 받고 처음 읽은 시는 맨 앞에 실린 「가시꽃」이었다. (시집 첫머리에는 해당 시집의 시 세계를 대표하거나 상징하는 시가 실리는 경우가 많다. 첫 시가 독자에게 시집의 첫인상을 주기 때문이리라.) 이 시가 보여 주고 있는 집요한 죽음의 이미지는 김려 시인의 시 세계를 짐작게 하는 바가 있었다. 특히 이 시의 마지막 연, "숲은 발을 질질 끌며 늪으로 가고 있다"라는 이미지는 상당히 인상적이어서 머릿속에 오래 남았다. 늪이 "아주 멀리 있을" "흰 얼굴에 덮어씌운 검은 숄"이 있는 곳이라면, 음산한 기운이 도는 숲 자체가 죽음이 있는 곳을 향해 질질 나아가고 있는 것이다. 마치 이 시집이 죽음의 세계로 나아가고 있는 것처럼.

'숲'은 이 시집에 자주 등장한다. 김려 시인의 시심이 거주하는 장소를 상징하는 것이 숲이겠는데, 그 숲에는 죽음의 빛깔 이비시를 묽는 '새'와 '뱀', '침나무', '생세나비' 등이 널려 있다. 그래서 이 시집에서 숲은 양가적인 의미를 가지게 된다. 보통 숲은 자연 만물이 거주하는 대지의 품으로 상징된다. 숲은 시의 신이 거주하고 있는 신전이라고도 달리 말할 수 있다. 숲은 신성이 느껴지는 미지의 장소이며, 그래서 두려움을 주지만 한편으로 신비롭고 아름답다. 하지만 김려 시인이 숲에서 주로 마주하게 되는 것은 죽음이다. 그도 숲의 어떤 매력, 숲이 뿜어내는 어떤 관능성에 매혹되어 숲속으로 들어가게 된 것으로 보인다. 「느닷없이」에서 시인이 "흔들리는 식물의 성기를 따라 숲으로 들어" 갔다고 하니 말이다. 숲에서 바람에 흔들리는 식물들은 시인에게 어떤 신비롭고 매혹적인 관능을 표현하고 있었으리라. 그 식물들은 관능뿐만이 아니라 어떤 생식능력도 가지고 있다고 여겨졌기에, 즉 시를 잉태할 수 있게 해 주리라고 여겨졌기에 시인은 '성기'라는 단어를 썼을 것이다.

하지만 시인이 들어간 '언덕'의 숲은 "어디에도 머물 수 없고/어디에도 속할 수 없는" 곳, 그래서 멈출 수 없이 달려야만 하는 곳이었고 "문틈에 낀 울음"이 들리는 곳이었다. 시인을 이끌었던 "바람을/돌에 매달아 바다에 던졌"던 것은 숲이 그를 견딜 수 없게 만들었기 때문이겠다. 생명력을 느끼기 위해 시의 신전으로 들어왔으나, 시인이 거기서 발견하게 되는 것은 "죽은 새들"이었던 것이다. 그러나 죽음과 만나게 되는 숲은 김려 시인에게도 여전히 시의 신전으로 여겨지기 시작한다. 숲이 '밀교'의 신전, 비밀스럽게 신적인 것이 전달되는 곳임을 인식하게 되는 것이다. 이 신전에서 신적인 것은 생명의 파괴를 통해 역설적으로 현현한다.

완성된 만다라를 흩어 버리듯

겹벚꽃 나무가 꽃잎을
한순간에 떨어뜨린다

분홍빛 돌가루
수레바퀴인 듯 거리에 구른다

마지막 꽃잎 속
하수구에 버려진 개의 주검

뼈만 남은 수행승
질끈
눈을 감는다

축축한 저녁이 벚꽃을 잠깐 다녀갔다

—「밀교」 전문

불교의 밀교적 전통에서 원을 의미하는 '만다라'는 우주
를 상징한다. 파괴와 생성, 소멸과 탄생이 이 만다라 안에
응축되어 있어서 밀교의 중들은 만다라를 공부하며 수행
하고 진리를 깨닫기 한다. 이처럼 밀교 시인의 앞에서 만나

라는 깨지고 흩어진다. 아니 시의 신이 자리하고 있는 그의 숲이 바로 만다라 자체겠다. 만다라 역시 신이 거주할 수 있는 장소이며 우주의 힘(생성 소멸의 힘)이 응집—그래서 이곳 역시 '성기'로 상징될 수 있다—하는 장소라고 한다. 그런데 김려가 마주한 숲은 죽음에 의해 흩어져 버리는 만다라다. "겹벚꽃 나무가 꽃잎을" 떨어뜨리는 "한순간"에, 완성되어 있던 만다라는 흩어진다. 그런데 꽃잎은 매 순간 떨어지지 않는가? 그렇다면 만다라는 매 순간 흩어진다고 할 수 있다. 흩어지기 위해서는 완성되어 있어야 한다. 그래서 만다라(우주)는 흩어지는 순간 완성되고 완성되는 순간 흩어진다고 말할 수 있는 것이다.

이렇게 볼 때 시신(詩神)이 거주하는 장소인 숲, 그 만다라는 죽음과 완성(생성)이 끊임없이 반복되는 곳이다. 시인이 이곳에서는 멈출 수 없어 달려야만 한다고 말한 것은 이유가 있다. 이 숲에서는 죽음과 생성의 반복이 멈추지 않고 매 순간 진행되고 있기 때문이다. 그러나 김려 시인의 마음에 깊이 각인되는 것은 생성보다는 죽음이다. 시신(詩神)의 숲에서 시인이 주로 발견하는 것은 시신(屍身)이다. 그에게 숲은 이중으로 겹쳐진 시신의 장소다. 이 이중의 시신은 모순적이지 않다. 이 만다라에서 죽음은 우주의 존재를 무(無)로 떨어뜨리는 것은 아니며, 존재의 완성을 위한 필연적인 전제이기 때문이다. 우주를 깨뜨려야 다시 완성이 이루어질 수 있다. 그렇다고 하더라도 죽음, 생명의 파괴는 고통스러운 일이다. 그렇기에 우주는 죽음의 고통이 계속

되면서 완성을 반복한다. "분홍빛 돌가루"—죽음에 의해 무기적인 돌가루가 되어 버린 벚꽃—가 우주의 '수레바퀴'가 되어 이 세계의 "거리에 구"르고 있듯이. 죽음과 탄생을 반복하는 우주의 수레바퀴에 짓이겨져 고통스럽게 흘러가야 하는 것이 이 우주에서의 생명체들이다.(이 시에서 벚꽃은 죽음을 무상하게 반복해야 하는 뭇 생명체를 상징한다.)

김려 시인은 예민한 감성의 시인으로서 이 죽음의 비참과 고통에 시의 시선을 맞춘다. "하수구에 버려진 개의 주검"에 눈을 맞추는 것에서 알 수 있듯이 말이다. 우주의 비밀을 죽음을 통해 알려 주는 만다라의 밀교를 수행하는 수행승은, 죽음의 비참과 고통이 지니는 필연성을 인식하게 될 것이므로 "질끈/눈을 감"게 될 것이다. 죽음을 인지하는 일 역시 고통스러운 일이다. 시인의 다른 페르소나일 이 수행승의 눈을 질끈 감는 마음이 바로 시인의 마음일 테다. 이 필연의 수레바퀴를 돌리는 우주는 그렇게 냉혹한 것만은 아닌 듯하다. 시인은 마지막 행에서 벚꽃을 "잠깐 다녀"가는 "축축한 저녁"을 보여 준다. 시신(屍身)을 어루만지듯 다녀가는 이 저녁이 시신(詩神) 아니겠는가? 이 후자의 시신은 축축하다. 아마 슬픔의 눈물로 젖어 있기 때문일 것이다. 김려 시인의 시심 역시 숲에서 발견하는 주검에 대해 이 우주의 비밀을 냉정하게 인식하기만 하지는 않을 것이다. 눈을 질끈 감게 되는 아픔과 축축한 슬픔을 느낄 것이다. 아래 시의 짙은 서정성은, 시인이 묘사하고 있는 죽음 속에 저 저녁처럼 축축한 시인의 마음이 스며들어 있기 때문에 느껴질 수 있는 것이다.

난간에 목매달고
치마 뒤집어쓰고

뛰어내리나 마나

동백이 동백일 수 있는 시간

밤새도록 뻘밭 헤매다
꽃,

찾으나 못 찾으나
작은 동박새가 작은 동박새일 수 있는 시간

종래의 소속이 다르나

모두 잠들기 기다려 기어 나온 실지렁이
굳이 봄밤처럼 말라 죽은 까닭

경계를 넘지 않고도 꽃에 도달할 수 있다는
조금 더 나아가면 그때 그 자리

사소한 이유로 고라니

산에서 울고
그믐달 움찔 몸을 떨고

나무는 자기가 죽은 것을 모르고

바람,
손가락 사이를 빠져나가고
　　　　　　　　　　　　—「여여」 전문

　위의 시는 함축과 여백을 잘 살려 깊은 여운과 암시로 죽음과 얽혀 있는 삶의 슬픔을 서정적으로 표현한 수작이다. 삶과 죽음 사이의 경계선에 아슬아슬하게 서 있는 동백의 모습이 슬픔을 자아내면서도 처연하게 아름답다. 동백은 아름다운 꽃에 도달하기 바로 직전에, "조금 더 나아가면 그때 그 자리"에 있다. 하지만 이 자리는 목이 떨어지기 직전의 자리, "난간에 목매달"거나 "치마 뒤집어쓰고//뛰어내리"기 직전의 자리이기도 하다. 아름다움은 잔혹한 면이 있다. 아름다움에 도달하기 직전, 또는 아름다움에 도달한 바로 그 자리에서 동백은 죽음을 맞이하기 때문이다. 그 자리는 삶과 죽음의 경계선이기도 한 것, 그 경계선에서 "동백이 동백일 수 있는 시간"이 순간 창출된다. 목이 떨어지기 직전의 순간에 동백은 완연한 동백이 되는 것이다. 자신의 완연한 존재성을 찾을 때 삶은 끝난다는, 아름다움의 순간에 그 아름다움이 스러지고 만다는 이 동백의 역설적인 운명은, 모든 삶이 지닌 운명이라고 말하는 듯하다. 시의 제목인 "여여"란 한결같다는 것을 의미한다. 이 제목은 저 동백이 삶의 변함없는 운명을 자신의 죽음으로 보여 주고 있다는 것을 의미하지 않겠는가.

그래서 삶은 처절하게 슬픈 것이어서 고라니는 "사소한 이유로"도 "산에서 울고" 있으며 점차 사라져 가는 그믐달도 "움찔 몸을 떨고" 있는 것일 게다.(이 고라니나 그믐달은 시인의 마음을 대신 표현하는 객관적 상관물이라고 하겠다.) 동백 떨어지는 봄밤, 저 숲의 존재자들은 모두 슬픈 모습이다. 김려 시인에게 봄밤은 존재자들이 처연하게 사라져 가는 시간이다. 나무 같은 경우는 "자기가 죽은 것을 모르고" 우두커니 숲속에 서 있다. 실지렁이는 굳이 "모두 잠들기 기다"린 후 밤이 되면 기어 나와 "봄밤처럼 말라 죽"는다. 생명력을 드러내 주고 삶을 북돋는 생기라고 할 바람 역시 "손가락 사이를 빠져나가"면서 숲에서 사라져 간다. 동백의 꿀을 좋아하는 "작은 동박새"는 이제 목 떨어진 동백을 찾을 길 없다. 그래서 잃어버린 연인을 찾듯 "밤새도록 뻘밭"을 헤맨다. 그런데 이렇듯 잃어버린 이를 찾아 헤매는 때야말로, 시인에 따르면 "작은 동박새가 작은 동박새일 수 있는 시간"이다. 사랑하는 이를 잃고 연인을 찾아 헤매는 인간 역시도, 바로 그때야말로 '인간이 인간일 수 있는 시간'이라고 말할 수 있을지 모른다.

이 '숲-시'의 세계에서 죽음과 실연은 모든 생명체들의 운명으로 조명된다. 그래서인지 어떤 슬픔의 정서가 위의 시를 축축하게 적신다. 그러나 김려 시인이 죽음의 운명으로부터 느끼게 되는 슬픔을 미화하면서, 이로부터 쾌감을 찾는 유미주의자는 아니다. 그는 그가 발견한 죽음의 운명에 대해 슬퍼하는 동시에 존재자들이 죽어 갈 때 겪을 고통을 함께 느낀다. 그리고 그는 그가 만난 시신(屍身)에게 자신이 할 수 있는 일을 하고자 한다.

풀을 베다가
몸통 반이 날아간
맹꽁이를 발견했다

무릎을 꿇고
수풀을 뒤져
달아난 살점 반을 찾았다

무릎을 꿇고

민들레 옆에 구덩이를 파고
냉이 잎을 깔았다

비로소 제자리에 놓인 살점들

박새가 둥지를 허물고 있었다

　　　　　　　　　　　　　　―「숲은 왜 오월을」 전문

숲에서 발생되고 있는 죽음에 시의 눈을 맞추고 있는 김려 시인은, 위의 시에서는 "몸통 반이 날아간" 맹꽁이의 시신을 발견하고 있다. 이에 그는 구덩이를 파서 냉이 잎을 깔고 그 위에 살점 반을 찾아 살점들을 맞추어 준다. 시신을 수습하고 무덤을 만들어 준 것이다. 이때 "무릎을 꿇고"라는 구절이 두 번이나 반복된다는 점, 특히 두 번째 등장할 때에는 그 구절이 한 연이 되고 있다는 점이 주목된다. 그만큼 시인은 이 시에서 그 구절의 위상을 중요시한 것. 그 구절은 시인이 숙연한 마음으로 정성을 다해 시신을 수습하고 무덤을 만들어 주었다는 것을 말해 준다. 숲에서 마주하게 된 죽음들을 시인은 보고만 있는 것이 아니라 숙연한 마음으로 애도를 표하는 것이다. 그런데 마지막 연의 수수께끼 같은 구절인 "박새가 둥지를 허물고 있었다"는 무엇을 의미하는 것일까?(이렇듯 시의 흐름과 동떨어진, 수수께끼 같은 구절을 시의 마지막 연으로 제시하여 독자의 사유를 자극하는 방식은 이 시집에서 자주 볼 수 있는 기법이다.) 이에 대한 대답은 독자마다 다를 수밖에 없겠는데, 맹꽁이의 무덤을 준비하는 모습을 본 박새가 자신의 죽음—이 세상에서의 거처(둥지)로부터 떠나려는—을 준비하려는 모습 같기도 하다. 시인이 숲에서 죽음의 이미지에 주로 주목하는 것을 보면 말이다.

찢겨 나간 시신을 수습하는 시인의 모습을 보여 주는 시로 「애완견」이 있다. 이 시에서 운전을 하고 가던 시인은 도로에서 차에 치여 "짓이겨진" 개의 눈과 마주친다. 하지만 시인은 병원비나 차 시트가 더럽혀질까 봐, 그리고 개를 키

우는 일이 자신 없어서 수습해 주지 못하고 만다. 그 이후 "개는 없고 울음소리만 있"는 상황에 빠진다. 그래서 상상 속에서라도 시인은 도로로 돌아가 "여전히 그 자리에 있"는 개와 "무릎 꿇고 애틋하게 눈을 맞"춘다. 그러고는 매일매일 죽음의 장소로 가서 도로에 붙은 개의 살점들을, 옆구리를, 왼쪽 귀를, 두개골을 자신의 집으로 가져와 "조금씩 개를 만들어 나"간다. 그렇게 완성된 개는 "쫄래쫄래 나를 따라"오면서 "어디를 가도 만질 수 없는 개가 나를 붙들고 놓아주지 않"게 될 정도가 된다. 물론 이 개는 시인의 고통을 수반한 죄책감이 만든 가상의 존재겠는데, 그렇기에 마지막 연에서 시인이 말하고 있듯이 "나의 유일한 애완견"의 "짓이겨진 심장은 어디에서도 찾을 수 없었"던 것이다. 생명의 본질이자 핵인 심장은 상상을 통해 재현되거나 재생할 수 없다는 것을 시인은 깨닫게 된 것이다.

시에는 한계가 있다. 타자의 죽음은 죽음이어서, 되돌릴 수 없는 것이다. 죽은 타자를 시를 통해 재현하여 부활시킬 수는 있겠지만 그 타자의 생명이 가지고 있었던 혼을, 심장을 되살리지는 못한다. 「애완견」의 마지막 연은 시인이 그러한 시의 한계를 시인으로서 겸허히 인식하고 있다는 것을 말해 준다. 그래서 시인은 타자의 죽음을 관찰하고 어루만지는 데에서 나아가 자기 자신에 대해서, 자신의 죽음에 대해서 말하고자 한다. 타자의 죽음으로부터 자신의 죽음을 읽어 내고, 그로부터 자신의 심장—영혼—을 찾아 시화(詩化)하고자 하는 것이다.

가령 「옥곡 IC」에 등장하는 여자는 사거리에서 "키가 큰
동백꽃이 길게 떨어"져 있는 것을 발견한다. "어떤 것은 밑
이 희고/어떤 것은 밑이 붉"은 그 꽃은 곧 그 꽃을 발견한
여자와 동일화되는 듯하다. 그 여자가 그 동백꽃과 마주치
고 "기우뚱 서 있는" 것은 키 큰 동백꽃이 자신의 모습처
럼 여겨졌기 때문일 것이다. 여자는 자기 삶의 "밑"이 찬란
한 죽음을 맞이한 동백꽃처럼 희거나 붉다고 생각했을 터
이다. 이 여자가 시인 자신을 가리키는 것인지는 확실치 않
다. 하지만 이 여자에게 시인이 자신을 투사하고 있음은 확
실해 보인다. 그렇다면 자신의 내면 밑바닥에는 죽음의 희
고 붉은 이미지가 깔려 있다는 시인의 인식을 이 시는 보여
주는 셈이다. 이 인식은 자신의 심장, 혼에 대한 인식이다.
아래의 시에 등장하는 '나'에게도 시인 자신이 투사되어 있
는 것으로 보인다.

　　　거울 보며 통곡하던 언덕을 걸었다

　　　엎어진 강
　　　옆에 홀로 선 바람
　　　바지를 발목까지 내리고 훌쩍였다

　　　실타래 같은 연기
　　　하늘과 땅을 묶기 시작했다

잘못 그려진 지도

총알 박힌 저녁 위에

어둠이 덕지덕지 붙어 있다

새하얀 시트 아래

화약 냄새 묻은 뒷모습을 걸어 두고

이제 열일곱인데

내가 죽었다는 것을 나한테도 말하지 않기로 했다

말린 가을에도 피가 묻어 있었다

―「안개」 전문

역시 위의 시도 죽음이 정면으로 이미지화되고 있다. 위의 시의 '거울'을 보고 있는 화자는 누구일까? 확실하지 않다. 전쟁 또는 권력에 의한 살육에 의해 열일곱 나이로 죽은 이의 유령일 수도 있다. 아니면 거울을 보며 자신의 아픈 기억을 떠올리며 자신의 상징적인 죽음에 대해 진술하는 실제로는 살아 있는 사람일 수도 있다. 이때 "총알"이라든지 "화약 냄새"처럼 전쟁을 상기시키는 이미지들은 열일곱 어린 화자에 대한 세상의 폭력을 상징하며, "잘못 그려진 지도"는 삶이 꼬여 버리게 되었음을 의미하겠다. 그러나 이 시의 상징성 풍부한 이미지들을 굳이 해석하여 의미를 희석시키려고 드는 일은 부질없는 일인지도 모른다.

여하튼 이 시의 화자는 거울을 보면서 과거에 일어난 일을 기억하고 있다. "거울 보며 통곡하던 언덕을 걸었다"고 과거형으로 화자가 말하고 있음을 보면 말이다. 화자가 통곡을 했던 이유는 어떤 일—자신의 죽음—을 겪었기 때문일 것이다. 화자는 이 과거의 일을 기억하여 묘사한다. 이때의 안개는 포연 같은 연기—"실타래 같은 연기"—처럼 "하늘과 땅을 묶"고 있었으며, 저녁에 나타나는 별들은 "총알"처럼 하늘에 박혀 있었다고 한다. 이러한 공간 묘사는 화자가 죽임을 당했을 때의 폭력적인 상황을 암시한다. 이 폭력에 의해 강마저도 엎어지고, 훌쩍이고 있는 바람은 강간을 당한 듯 "바지를 발목까지 내리고" 있다. 화자는 그러나 "내가 죽었다는 것을 나한테도 말하지 않기로 했다"고 한다. 자신이 너무나도 어렸기 때문에 차마 그 말을 자신에게도 하지 못하겠다는 뜻이리라. 이 어린 존재자에게 가해진 죽임의 폭력은 시인 내면에 깊이 숨어 있는 어떤 고통스러운 기억과 상통하지 않겠는가? 그래서 저 죽음은 시인 자신이 겪었던 폭력에 의한 상징적 죽음이라고 해석할 수도 있다. 어떻게 해석하든 시인은 위의 시에서 죽음을 숲이 아니라 인간 사회 속에서 발견하고 있으며, 이는 숲이 상징하는 내면의 시적 공간으로부터 나와 생생한 현실 공간으로부터 죽음을 찾아내고 있음을 말해 준다. 즉 사회 역사적 현실에서 시적인 것을 찾아내고 이를 자기 자신의 내면과 연결시키려고 하는 것이다.

하지만 이 시집에서 김려 시인은 이러한 방향으로 자신

의 시를 더 진전시키고 있지는 않고 있다. 그보다는 자기 자신에 대해 근본적으로 묻고 이에 대한 답을 찾는 데로 나아가려고 한 듯하다. "거울 속 나를 보는 넌, 대체, 누구냐"(「구르는 돌」)고 묻는 구절이 그렇다. 「안개」에서는 거울 속에 나타나는, 다시 말해 기억을 통해 현상되는 '나'의 내밀한 경험을 시화하고자 했다. 하지만 「구르는 돌」에서는 '나'를 보고 있는 자신이 누구인지 시인은 묻고 있는 것이다. "구르는 돌"이라는 시의 제목은 「밀교」에 등장한 '수레바퀴'를 떠올리게 한다. "구르는 돌"과 같은 자신의 삶은 죽음과 생성이 매 순간 반복되는 수레바퀴에 깔려 굴러가고 있다. 과거의 기억을 비추어 주는 '거울에 나타난 나'의 모습은 '거울 밖의 나'와는 다른 존재다. 그래서 시의 화자는 거울 속의 내가 낯설게 보이는 것인데, 이러한 덧없고 외로운 삶에 대한 자의식 때문에 시인은 "얼마나 많은 시간을 얼마나 의미 없이 보냈나//죽은 후까지 혼자 있고 싶지 않아"(「비표본오류」)라고 회한과 욕망을 표출하는 가슴 아픈 독백을 하게 되는 것이다.

그의 삶에서 일관되게 지속되어 온 것이 있다면 "오지 않는 막차를 기다리던 기억"(「구르는 돌」)일 것이다. 기억-거울 속에 있는 나나 거울 밖의 나나 여전히 막차를 기다리고 있을 테니 말이다. 그것은 죽음으로 가는 막차일 수도 있고 다른 세계로 가는 막차일 수도 있다. 여하튼 어떤 기다림, 열망이 시인의 지금까지 이어 온 삶에게 하나의 영혼, 심장을 부여하게 했을 것이다. 막차를 기다리는 열망, 그 열망

이 어떠한 것인지는 아래의 시를 통해 엿볼 수 있지 않을까
한다.

배는 오지 않네

이대로 끝인가

병풍 속에 다리 뻗고 앉아

푸르고 차가운 피리 불면

너무 불러 죽어 버린 이름

하늘로 하늘로 만발하다

그믐달 따라가 버리고

별빛에 찢긴 얼굴

해진 족두리처럼 펄럭인다

버선도 없이

맨발로 철썩이는

노란 연꽃

시뻘건 밤바다 위를

등신불처럼
                    ─「등─오지 않는 가야를 기다리며」 전문

    이 시 역시 화자가 기다리는 '가야'가 무엇을 의미하는지 정보를 거의 제공해 주지 않는다. "병풍 속에 다리 뻗고 앉아"라는 구절을 보면 위의 시는 병풍의 그림을 보고 쓴 것이 아닐까 생각되기도 한다. 하지만 그 병풍의 그림이 무엇인지는 알 수 없기에, 시 자체만 읽으면서 이야기를 풀어 보기로 한다. 알다시피 가야는 나라 이름이지만, 지금 이 세계 아닌 다른 세계, 시인이 도달하고자 욕망하는 어떤 세계를 상징한다고도 할 수 있을 것이다. 그 세계가 "오지 않"으니 화자가 가야 하는데 그곳으로 갈 수 있는 배도 오지 않는다. 화자가 왜 그렇게 바다 건너편의 다른 세계로 가고자 하는 열망을 갖고 있는지는 "너무 불러 죽어 버린 이름"이라는 구절이 암시해 준다. 그의 기다림은 그리운 어떤 이를 만나고자 하는 열망임을 말이다. 그렇다면 화자가 도달하고자 하는 가야란 사랑이 실현되는 세계겠다. 하지만 그 세계로 데려다줄 배는 아무리 기다려도 오지 않고, 절망의 미음을 달래려고 "푸르고 차가운 피리"를 불지만 그럴수록 사랑하는 대상의 이름은 "하늘로 만발"하다 "그믐달 따라가" 사라져 버린다.

"해진 족두리처럼 펄럭"이는 "별빛에 찢긴 얼굴"이란 시의 제목인 '등'을 가리킬 것이다. '등' 역시 시인의 마음이 투사된 객관적 상관물일 것, 하늘에 날려 사라져 버리는 임의 이름만 허망하게 바라보며 기다림에 지쳐 버린 시인의 마음은 희망을 상징하는 별빛에 찢겨 너덜너덜해지고 바람에 펄럭이게 될 정도가 되었다. 그 펄럭이는 '등'은 "버선도 없이//맨발로 철썩이는//노란 연꽃"으로 환유된다. 찢겨 펄럭이는 양태는 맨발로 철썩이는 양태로 전치되고 노란 등은 "노란 연꽃"으로 전치된 것이다. 버선 없이 맨발로 바다의 파도에 발을 담그고 있을 정도로 저 '등-연꽃'은 기다림에 애달아한다. 알다시피 연꽃은 진흙 속에서 맑음과 아름다움을 잃지 않고 피는 꽃이어서 불교의 상징이 되는 꽃이다. 시의 '연꽃'이 '등신불'로 다시 환유될 수 있는 것은 연꽃의 불교적 의미 덕분이다. 그렇다면 위의 시의 후반부는 저 밤바다를 시뻘겋게 붉히는 등불의 기다림이 진흙 같은 이 세상에서 연꽃 같은 맑은 영혼을 피워 내며, 그 사랑을 기다리는 영혼은 등신불처럼 삶의 구원—가야라는 다른 세계—에 이를 수 있음을 말하고 있는 것 아닐까. 하여, 사랑을 향한 열망은 다른 세계로 통하는 바다를 등불처럼 밝힐 수 있게 되는 것이다. 다시 말해 김려 시인에게 사랑을 향한 열망은 그의 영혼의 연꽃 같은 붉은 심장이며, 사랑의 세계로 이어질 시의 해로(海路)를 비추어 주는 등(신)불이다.